わたくし、負けませんので!

おばさんシングルズ、ニューヨーク「がん」闘病記

宮地六美
MIYACHI Mutsumi

文芸社

目 次

レキシントン病院・1

アムステルダム病院

レキシントン病院・2

ニューヨークから福岡への旅は〝死の行軍〟

レキシントン病院・1

アメリカのホームドクター制度

二〇一六年十一月、レキシントン病院で、肺の手術をいたしました。これは「肺がん」ではなく、「大腸がん」が肺に転移したものだそうです。右の肺を三分の一ほど（下葉部全部）摘出いたしました。

八十二歳の時でございました。

私がニューヨークに住んでおりますのは、娘がいるからなんです。娘を頼りにして、私もニューヨークに住もうと思い、永住権も取得いたしまして、もう二十五～二十六年も住んでいるんですよ。

私がかかっていたレキシントン病院では、医療保険を使って、手術前の検査のための入院はできないということでした。ですから、心電図とか、心臓エコー検査とか、肺活量検査とか、その他手術に必要な検査は、自分で医者をまわり、検査を受けなければなりませんでした。

各診療科の先生方が、日本のように、ひとつの病院に勤務しておられるわけではありません。心電図の先生はこの診療所に、肺活量の先生はこの診療所に、心臓エコーの先生はあの診療所に、というように別々の診療所（診療所というか事務所というか）に勤めておられるのです。ですから、あちこちの診療所を訪ねて回らなければ検査は受けられないのです。この手術前検査に一ヶ月から二ヶ月かかりました。疲れましたね。

日本では、このほど「かかりつけ医」の制度化に向けた方針が、厚生労働相の諮問機関である社会保障審議会で取りまとめられたそうですが（毎日新聞、二〇二二年十二月二十九日）、アメリカの医療保険では、国民は「かかりつけ医」、すなわちホームドクターを持つことになっていました。

手術前検査の医師などは、そのホームドクターが紹介してくれます。で、紹介されたら自分で、その医師の予約を取り、検査をしてもらうのです。手術に必要な各診療科のデータはすべてホームドクターのところへ集められます。ホームドクターがそれらのデータをチェックし、「手術ができる状態かどうか」を決めます。手術ができることになると、病院や外科医を紹介してくれるという仕組みになっていました。

私のような「がん患者」は、ホームドクターとは別に、「がん」の専門医がつき、これは「がん」のホームドクターのようなもので、「がん」に関するすべてのことは、このドクターが決めることになっていました。

日本のように、「手術日が決まりました。手術前の検査のために一週間入院してください」というのは、患者にとって、とても良い制度ですね。楽です。患者への負担が少ないでしょう。

一人で、徒歩で手術室へ

手術当日は、手術予定時刻の三時間前に病院に行かねばなりません。もし、手術が朝八時だったら、朝の四時半頃には病院に着いていなければならないのです。私も最初は「八時」の予約でしたので「こりゃ、ヤバイことになったなあ」と思っていましたが、外科医の都合で十一時に変更になったので、朝の四時半ではなく、朝八時に病院に入ればいいことになりました。

病院に行くと、受付で滑り止めの付いたソックスと二枚のビニール袋をもらいました。そして、看護師詰所の中にある手術患者の待合所に通されました。そこにはチェアーが十個ほど置いてあって、今から手術を受ける患者が座り、呼び出しを待っていました。隣のチェアーとの境はカーテン一枚。男も女もごっちゃ混ぜ。

ここで着ている物を全部脱ぎ、もらったビニール袋の中に入れる。靴も脱いで袋に入れ、滑り止めの付いたソックスに履き替える。そして渡された手術着を着る。手術着の形は、そう、「袖なしの割烹着」といったところかな。生地は非常に薄いので、とても寒いです。後ろは紐で二ヶ所結ぶだけで、お尻は丸出し。

私は以前、福岡の病院で膝の手術をしたことがあります。手術着は立派でしたけど、中はT字帯一つ。「褌いっちょうで恥ずかしい。アメリカではどうなっているのか」と、毎日新聞（西部版）のコラムに書いたことがありましたが、「アメリカはお尻丸出し」でした。

手術患者待合所で二時間待たされ、午後一時半になってやっとナース（看護師）が私を呼びに来ました。ナースはストレッチャーも車椅子も持って来ませんでした。「手術室まで歩いて行きます」と言う。手術室までは徒歩かよ。

ナースに付いて廊下を歩いて行く。おお、観音開きのドアだ！　日本と違って廊下の天井が高い。で、観音開きのドアも大きい。ドアの向こうには、廊下の両サイドにロボットが沢山並んでいましたね。この中には「ダビンチX・i」が何台もあるんだろーな。

「ダビンチX・i」は四本の「手」を持っていて、一台三億円もする高級ロボットです。私はそれまで福岡の病院で、「がん」の手術を二回いたしましたが、いずれも「手」が二本の「二手ロボット」でした。その病院では「ダビンチX・i」は前立腺がん専用で、大腸がんには使わないということでした。大腸がんの手術には「手」が二本もあれば十分なのでしょう。二度の手術で、大腸がんの手術で三個、肺の手術で三個、計六個の穴が身体に開けられていきます。今度はいくつの穴が開けられるのでしょうか。

次のドアの所で、ナースが「ここから先は、あなた一人で歩いて行くのよ。右に曲がれば手術室よ」と言う。また大きな観音開きのドアです。開いた！　頭にはビニールの手術帽を被っている。手術着も着ている。大きな観音開きのドアも開いた。ドアが開いた時は、まるで「ドクターX」にでもなった気分でしたね。手術室では二人のドクターが私を待っていました。そこまで歩いて行くと、「ここに上がりなさい」って。これが手術台？「狭っ‼」平均台二個分の幅しかない。それに高い。私の足を上げても平均台まで届かない。これに「自分で乗れってか？」。

福岡の病院では、ストレッチャーにバスタオルを敷き、その上に私を乗せて手術室まで運びました。手術台のところまで来ると、看護師二、三人が「せーのー」と掛け声をかけてバスタオルを持ち上げ、私を手術台に移しました。この「福岡方式」が懐かしいです。ホント。

腕に二本の注射を打たれ、そのうち分からなくなりました。

黄色のジャージー看護師

気が付いた時は集中治療室におりました。壁の時計は夕方の五時半。

目の前に二メートルは超えているような、上下黄色のジャージーを着たアフリカ系の大男がいました。彼は誰なんだ。ひょっとして今晩の私のナース？「ここはレキシントン病院の集中治療室なんだぞ。バスケットボールのコートじゃない。黄色のジャージーはないだろう。ナースのユニフォームを着て来いよ」と、言いたかったですよ。

それにしても胸が痛い。息をする度に心臓が痛いような気がする。「心臓が痛い」と、訴えたいが訴える方法がない。口には気道を確保するため、チューブが入れられている。鼻には酸素マスクが付けられている。両腕には何だかんだの管が巻き付けられている。

二時間くらいは我慢したけど、ちっとも楽にならない。物も言えないし、訴えることもできない。ただ首を横に何時間も振り続けたのであります。黄色のジャージー看護師はそれに気が付いてくれて、「これを脇に挟むと楽になる」と言って、赤いハート型のクッションを一つくれました。

言われた通り左脇に挟んでみたのだけど、やっぱり痛い。私は昔、六十歳の頃、心臓を患ったことがあるので、心臓が痛いというのは心配なのです。「本当に心臓が痛いのかどうか、一度息を止めてみよう」と思い、息を止めてみました。「痛くない」。するど、黄色のジャージー看護師が大きな注射器を持って来て、私の左太ももにずぶりと刺しましたね。これじゃ、息を止めることもできはしない。このように半麻酔で、心臓が痛い状態が延々と続き、私は首を横に振り続けたのであります。

娘が私の右手を握ってくれています。熱い手です。私の手が冷たすぎるのでしょうか。私の手は氷のように冷たくなっています。

「人間が死ぬ時は、このように冷たくなるんだろうか」

「家族に看取られながら死ぬというのは、こういうことなんだろうか」

これから先、もっとトシを取り、寝たきりになり、娘に迷惑をかけるより、ここで死んだ方が……。

「否」、それなら何で一ヶ月も二ヶ月もかけて、術前検査に走り回ったのか。今日は、朝八時に病院に来た。手術も今、終わったばかりじゃないか。心臓は痛いけど、もうちょっと頑張ってみよう。

肺の外科医は「神の手」だった

夜十時頃でしたか、私のベッドの周りにナースたちが三、四人集まってきました。

「やっぱり、私は危ないのか？」

すると左の方から「大丈夫ですよ」って、きれいな日本語が聞こえてきました。横目でチラッと見ると、黒髪を長く伸ばし、それを後ろに束ねたナースが見えました。

「あっ、日本人だ！」

嬉しかったなあ。本当に嬉しかった。急に元気が出てきました。

「心臓が少し痛いくらい何だ。頑張ろう」

夜十時半、黄色のジャージー看護師が、気道のチューブを抜いてくれました。抜いた途端、心臓の痛みも取れて急に楽になりました。半麻酔状態で五時間半、心臓が痛んだのですから、心臓ですからね、もう死ぬのじゃないかって、気分的にも本当に苦しかったのですよ。

痛みも取れて楽になったのを確認して、娘は家に帰りました。あとは、黄色のジャージー看護師と二人きりの夜です。

後で聞いたのですが、チューブを抜くのは、本来、ドクターの仕事だそうですけど、その晩はどうしてもドクターと連絡が取れなかった。でも、黄色のジャージー看護師は地位が高いナースで、チューブを抜くことができるナースだったのだとか。「ジャージー看護師さん、ありがとう」。ひょっとして、地位の高いナースだから「服装は自由」だったりして。

もうひとつ、これも後で聞いた話なんだけど、「なぜ、夜中にナースたちが私のベッドの周りに集まって来たのか。私は危なかったのか？」と娘に聞いたら、「集中治療室で隣の患者が亡くなった。それでナースたちが急に時間ができたので、私のところに集まって来た」のですって。「私ゃ、心臓が痛かったから、もうおしまいかと思っていたのよ」

夜遅くなって、手術をした外科医（イタリー系、男性、四十代）が集中治療室にやって来ました。ニューヨークでは腕利きの呼吸器外科のドクターだそうです。どんな難しい肺の手術でもやってのけると言われています。日本で言うところの「神の手」です。娘によると、ホームドクターがこう言っていたとか。「自分が、もし、肺の手術をすることになったら、一面識もないけど、彼に頼むつもりだ」って。ドクターは私を見てにっこり笑って、こう言いました。「Everything is gone」って。「悪いところは全部取ったよ」という意味でしょうか。

若いイタリー系男性の笑顔には弱いです。五時間半も続いた心臓の痛みも、彼の笑顔を見たらすっかりどこかへふっ飛んでしまいました。

私がニューヨークの「神の手外科医」を選ぶなんて、できる訳がありません。私の「がん」の世話をしているドクター（がん専門の内科医、男性、五十代）の紹介なんです。

呼吸器外科の「神の手」ドクターを頼って世界中から患者が集まっているらしいです。彼の下で働いている若いインド系男性ナースがこう言っていました。私がニューヨーク在住とは知らなかったらしく、「手術をするために、日本からやって来たと思った」って。

日系人看護師の超美しい日本語

ナースたちにも勤務時間があるので、集中治療室二日目のナースは、黄色のジャージー看護師から白人女性のナースに替わりました。

朝食後、白人女性ナースは「今から歩行訓練をする」と言うのです。気管チューブは昨晩外してもらったけど、私にはまだ「尿道管」が付けられています。そこを指差すとナースは「一緒に持って歩く」と言う。

鼻には酸素の管が入っているので、酸素ボンベも持って行かなくちゃならない。ナースはボンベを乗せる車を持ってきました。彼女は、点滴台の一種でしょうか、帽子掛のような背の高い車も持ってきました。帽子掛の上の方にモニターテレビをくっ付け、その下に尿道管を引っ掛けました。モニターテレビには、心電図、血圧、脈拍、酸素量などの数値やグラフが映っています。「酸素ボンベ車」はナースが押し、「モニターテレビ車」は私が押して歩く。こうやって、手術二日目に集中治療室の廊下で歩行訓練が始まったのです。

廊下を歩いていると、途中で、「酸素車ナース」が通りがかりのナースに何か言いましたね。すると通りがかりのナースは私に、「彼女は『血圧が上がっても気にしないでください』と言っています」と、翻訳してくれました。とても、とてもきれいな日本語の発音です。美しい日本語です。日本ではもう、聞くことができないような美しい日本語でしたね。男性の声です。声の持ち主の方を見ると、長い黒髪を後ろに束ねたナースで、昨晩私のベッドに来てくれた人でした。

「日本の方ですか？」

「はい。分からないことがあったら何でも聞いてください」

嬉しかったなあ。集中治療室の廊下で、日本人ナースに会えるとは思いもよりませんでしたからね。彼はアメリカ生まれの日本人で、日本語は子供の頃、アメリカで勉強したということでした。それにしてもきれいな日本語でしたね。

テレビモニターや酸素ボンベや尿道管を付けたままで、手術後二日目になぜ歩行訓練をしたのかというと、「ベッドから自分で立ち上がってトイレに行けるかどうかのチェック」だということらしかったです。よろよろ歩きでしたけど、歩けましたので、その夕方に尿道管が外されました。

ここでナースはその日の夜勤のナースに替わりました。今度は中国系の女性看護師です。

間違いだらけの翻訳機

尿道管を外すと急に新陳代謝が良くなり、トイレに通いつめるようになります。ベッドから自分で立ち上がれるといっても、ベッドを下りる時はナースコールをして、ナースを呼ばなくちゃならないことになっていました。一時間に一度のナースコールです。でも、このナース、嫌な顔ひとつせず、私をトイレに連れて行ってくれたのですよ。

尿道管を外せば、新陳代謝が活発化し、トイレ通いが激しくなるというのは、私は福岡の病院で経験済みでした。福岡の病院では、看護師さんからこう言われておりました。「トイレに行くのはとっても大事なことです。決して看護師に遠慮して、我慢してはいけません。トイレに行きたくなったら、すぐに看護師を呼ぶのですよ。そしてトイレが済んだ後は、どんどん水を飲んでください」って。それを思い出し、ナースに気兼ねをしないでナースコールをすることにしました。

夜、突然、ナースは私の耳に、彼女が持っていたスマートフォンを当てました。日本語だろうとは思いましたが、何を言っているのか、さっぱり分かりませんでした。私が怪訝な顔をすると、彼女は「もう一つある」と言って、また耳に当てました。今度は日本語でしたのでよく分かりました。が、「しばらくしたら、血を入れます」と言っている。

日本語だったので、私は思わず「えっ、輸血するんですか?」と日本語で言ってしまいました。「スピーク　イングリッシュ（英語で話しなさい）」

そうだった。ここはアメリカだった。ナースは日本人じゃなかった。

「輸血するだなんて、ドクターから聞いていない。ドクターに聞いてからにして欲しい」という文章はどう英語で言ったらいいのか?　などと考えていたら、彼女は採血の道具を持って来ました。「ああ、ブラッドテストね」と私が言ったら、ナースはにっこり笑って大きく頷いた。自分のスマートフォンの翻訳が私に通じたと思って喜んだらしい。

翻訳機や通訳には時々こんなことがありますね。日本人じゃない通訳が日本語を話した時には何を言っているのかさっぱり分からないとか、誤訳も多いですね。「血を入れる」と「血を抜く」は全く逆でしょう。それに日本語では「血を入れる」とは言わず、「輸血します」でしょう。「血を抜く」じゃなく、「採血します」でしょう。

洗面台にはお気をつけ遊ばせ

ふた晩、集中治療室で過ごしたのですが、三日目の朝六時、若い白人女性ナースが来て「今から部屋を移ります」。朝六時ですよ。ナースは私の全財産を入れたビニール袋二つを持って部屋を出て行きました。仕方なく私もナースの後をよろよろしながら付いて行きました。「歩いて行くんですか?」「ええ、これもリハビリになります」と、ナースが言う。

着いたのは二人部屋で、先に入居していた患者は白人女性で六十代ってとこかな。バスルームは共用です。バスルームには、入って左側にシャワーがあり、右側にトイレがあり、トイレの前が洗面台というようになっていました。

隣の患者は先程から呪文を唱えています。「バスルーム、バスルーム、バスルーム」と十回くらい叫び、最後に、「おおうー」と言います。そのように私には聞こえました。これを五セットから十セット繰り返すのです。

呪文が終わると、今度は旦那さんらしき人に一時間くらい電話をかけましたね。内容は分かりませんけど、ここでも時折バスルームという単語が聞こえます。これを聞いて私が思ったのは、「隣のベッドにアジア人のばあさんが入ってきたので、バスルームを共同で使わなくちゃならないのが嫌なのではないか?」でした。

でも、それは私の誤解でした。後で分かったのですが、彼女はもう先がなく、頭も少しおかしくなっているということでした。かわいそうに! 私の方は手術して三日目には退院と聞いておりました。ですから私は、後一日半、バスルームの呪文に我慢すればよいのです。

そのうちルームメートは車椅子に乗せられて部屋の外へ出て行ってしまいました。

「トイレに行くなら今のうちだっ」

バスルームで用を終えたのはいいのですが、尿量を測る容器が便器に挟まれておりました。容器が挟まれているのは知ってはおりましたが、前もって何も聞いておりませんでしたので、その上に用を足し、ペーパーもその中に入れてしまいました。ナースがやって来て、「ペーパーを入れたらダメじゃないの。尿量が測れないでしょう。この次は終わったらすぐナースを呼びなさい」。

「これは私のための容器ですか?」と尋ねると、「そうです。あなたのための容器です」。

今度は終わってすぐナースを呼びました。そこに立ったままでナースのすることを見ていますと、彼女は洗面台の所まで容器を持って行き、容量をノートに記帳しました。それが終わると、尿を便器ではなく、洗面台に流しましたね。そして容器を洗面台の横に置きました。私はびっくりしてそれを見ておりました。

「まあ、容器も洗面台も水でよく洗えばいいか」とも思いましたが、彼女は洗いもせず、容器は洗面台に置いたまま部屋を出て行きました。

隣の患者さんが部屋に戻って来て、尿を測る容器が洗面台の上に載っていたらどう思うかと気が気じゃありませんでした。

一時間ばかりして、今度は別のナースがやって来て、容器を回収して行きました。

どうもナースたちには役割分担があるらしく、尿量を測る人は測るだけ、容器を回収する人は回収するだけのようです。洗面台が汚かろうがそんなことは知ったことじゃない。と、まあそんな感じですかね。

ここの病院の洗面所を使う時は、まず洗面台に水を流してきれいに洗ってからお使い遊ばしませ。

もう、いやーだ

「カカは出たか?」

一メートル八十センチは優に超えているだろう、大柄なインド系女性ナースが、そう言って病室に入ってきました。

「カカ」って何だ? 「カカア(嬶)」なら知っているけど、「カカ」というのは聞いたこともない。

「What is kaka? (カカって何だ?)」と聞くと、ナースは「ナンバー2よ」と答えた。

「じゃあ、ナンバー1は何か?」と聞こうと思ったけど、ナンバー2が分からんのだから、ナンバー1を聞いても分からんだろうと思い、聞くのをやめにした。

「カカは英語か?」

「ノウ。英語じゃない」

英語じゃない? ヒンディ語かなんかで話されても私に分かるはずもないだろう。気を取り直して、「じゃ、カカは英語で何というのか?」。

「$&@^_^」

やっと分かって、「実は今日お昼頃、私は退院することになっている。家に帰って行くから」と答えたら、ナースは頷いて部屋を出て行った。

やっとナースを追い出して「よかった」と思っていると、娘が入れ違いに部屋に戻ってきました。

「今そこでナースに会ったら『今から浣腸する。薬を入れたら五分間、ベッドの上に横になり、五分後にバスルームに行きなさい』と言ってたよ」

「浣腸だって? 浣腸なんてやめてよ。私は福岡の病院で浣腸したことがあるんだけど、『五分経ったらトイレに行きなさい』と言われて、その五分が待てず、ベッドを汚してしまった。お願いだから浣腸はことわって頂戴」と娘に頼みました。そこへナースが戻って来たので、娘はナースに一生懸命、「母が福岡の病院で、ベッドを汚したので浣腸はしたくないと言っています」と説明しました。するとと、ナースは「何言ってるのよ。ここは病院なのよ。ベッドには汚れてもいいようにパッドが敷いてあるし、シーツが汚れたら取り替えればいいでしょう。さあ、横になりなさい」。

仕方なく私は横になりました。でも浣腸ではなく、ナースは私に座薬を二個入れました。「五分間、じっとしているのよ。五分経ったらバスルームへ行きなさい」と言って部屋を出て行きました。

きっかり五分後にナースは戻ってきて、私に尋ねました。「カカは出たか?」「どのくらいの大きさか?」「どんな色だったか?」

「もう、いやーだ」

まったく塩気のない焼き魚

レキシントン病院では、お昼ごはんと夕ごはんの前にメインディッシュの注文を取りにきていました。「ビーフかチキンかフィッシュか？　ソースは何にするか？」でも、注文通りにメインディッシュがきたためしがありませんでした。注文取りの人は注文を取るだけで、配膳係の人は配膳するだけで、二人の間の連絡は全く無いようでしたね。

お昼ごはんにチキンを頼んだら、ビーフがきました。娘が「チキンを頼んだでしょう。母は大腸がんの手術を受けたので、ビーフは食べられないのです」と、配膳係に文句を言ったら「チキンはもう無い」と言い、部屋を出て行きました。

十分後、彼女は戻って来ましたが、手にはチキンを載せたお皿を持っています。巨大な鶏の足です。

「チキンはあったじゃないか」

しかし、その足は硬くて、その上、黒焦げで、ナイフもフォークも通りませんでしたね。

ソースも決めなくちゃなりません。ある時、「ソースは何にしますか？　何とかソース？　何とかソース？　アップルソース？」。

私が知っているソースの名前はアップルソースだけでしたので、「アップルソースをお願いします」と答えました。

コッドという白身の焼き魚のそばにアップルソースが載っています。コッドには全く味が付いておりませんでした。素焼きです。アップルソースの方は砂糖煮で全く塩は入っていませんでした。「これを味のないコッドに付けて食べろって？」その上、付け合わせについていたマッシュポテトもすごく甘かったです。

私は最初、白身の魚を見て大層嬉しかったのですが、ひと口かふた口食べただけでやめてしまいました。塩気ゼロの魚は食べられないですよ、ホント。塩気が無い方が健康のためには良いって？　程度というものがあるでしょうに。

私は二〇二〇年に、再びレキシントン病院に入院したのですが、食事はレストラン方式に変わっていました。朝、昼、晩、三食レストランにオーダーする仕組みになっていました。肉類は何にするか。付け合わせの野菜は何にするか。飲み物は？　デザートは？　これらを前もってレストランへ知らせなければなりません。配達の時刻も知らせなければなりませんでしたね。

自分の好きなものを頼めるし、料理法も決められる。選択肢が多いのは良いことなのでしょうが、一日三食、前もってレストランにオーダーしなければならないのは面倒くさいです。私の場合、娘が毎日三食、忘れずにオーダーしてくれましたが、彼女はいつも私の側に付き添っているわけではなく、仕事もあって病院外にいることも多いので、外部からオーダーしていたようですよ。

優しかったレキシントン病院のナースたち

退院の日、若い黒人女性がお昼の注文を取りにやって来ました。

「今日はお昼頃、退院するのでランチは要らない」と断ると、目を丸くして、大きな声でこう言いましたね。

「今日はソーダが付いているのよ。本当に要らないの?」って。


しばらくして、あの背の高いインド系ナースが部屋に入って来て、

「昨日の血液検査の結果、ポタッシュウム(カリウム)の値が低かった」

とだけ言って出て行きました。五分もすると、また戻って来ましたが、手には見たこともないような巨大なバナナを一本持っています。「これを食べなさい。バナナにはポタッシュウムが沢山入っているから。バナナは好きか?」

「イエス」

「そりゃよかった。毎日一本ずつ食べなさいよ。バナナにはポタッシュウムが沢山入っているのだからね」

と、繰り返し言って部屋を出て行きました。早速いただきましたが、巨大バナナは美味しかったです。

二時頃、お昼に注文取りに来た女性がまたやって来ました。手には五本のソーダと水のボトル五本を持っています。

「今日退院するのでしょう？　これを家に持って帰りなさい。買えば高いんだから」と言いながら部屋に置いて行きました。

この病院は何でも「五時間半待ち」です。手術は朝八時に来て五時間半待って、午後一時半から行われた。麻酔は五時間半覚めなかった。お昼の退院予定が夕方五時にずれ込んでしまった。

夕方五時、やっと退院手続きが終わり、荷物をまとめて廊下に出たところ、そこにいたナースの一人が、「どうやって帰るのか？」と聞きました。

「エレベーターで降りて、タクシーで帰る」と答えると、「ちょっと待ちなさい。ウィールチェアー（車椅子）に乗って行った方がいい。もう少し待ったらウィールチェアーが戻ってくる」と言うのです。

ウィールチェアーかあ、それも悪くないなあ。この病院でウィールチェアーに一度も乗ったことがない。待つとするか。

待つこと十五分。ナースが「ウィールチェアーが戻って来た」と言ったのですが、どこにもウィールチェアーは見当たりません。「ウィールチェアーはどこにあるんだ？」

私は、ウィールチェアーというのは、ほら、「大きな輪っか」が付いている車椅子のことだとばかり思っていました。しかし私の側に寄って来たのは事務用椅子でした。おじさんが一台の事務用らしき椅子を押して来ました。確かに車は付いているけど、その大きさは十センチばかり。でもせっかく親切に言ってくれたのだから、それに乗せてもらうことにしました。後ろをおじさんが押してくれる。エレベーターに乗り、玄関まで下りて行き、タクシーに乗るまでおじさんは手伝ってくれました。

このようにして、レキシントン病院の三泊四日の入院生活は終わりました。一時間おきにトイレに連れて行ってくれたナースさん、バナナを持って来てくれたナースさん、ソーダを届けに来てくれたナースさん、ウィールチェアーのおじさん、みんなありがとう。

アムステルダム病院

ぎっくり腰になってしまった！

二〇二〇年二月十八日朝、突然、自宅アパートのキッチンで、脳貧血のため倒れてしまいました。八十六歳の時でございました。

朝ごはんのために用意した、熱いお出汁に入れた「そうめん」をお盆に載せ、食卓まで運ぼうとしていた時でした。朝ごはんに「そうめん」というのは、今から考えると少しおかしいのですが、私はその当時、熱い「そうめん」しか喉を通らなかったのでございます。朝、昼、晩の三食、「そうめん」を作り、それればかり食べていました。体重は二ヶ月で十キロばかり減ってしまいました。

倒れる時はフラッとしましたので、「あっ、これはヤバイ、倒れるな」と思ったので、とにかく両手で持っていた熱い「そうめん」のお盆を、流しの左横にある調理台に置きました。そして右手で流しを掴み、ゆっくりと倒れました。バタンと倒れると頭を打つかもしれないので、ゆっくりと斜めに倒れたんです。

どのくらい時間が経ったのか分からないのですが、私は流しのすぐ下に、うつ伏せになって倒れていました。気が付いたので起き上がろうとしましたが、腰や背骨が猛烈に痛くて起き上がれないのです。流しを掴んでゆっくりと斜めに倒れた際、腰を捻ってぎっくり腰になってしまったらしいのです。

娘に連絡しようにも、電話に手が届かないのです。フロントに連絡しようにも、フロント連絡用受話器も高すぎて手が届かないのです。仕方がないので電話は諦めて、とにかくベッドまで這って行くことにしました。二月のニューヨークはまだ寒いのです。キッチンの床はタイル張りで冷たいし、ドアの下からは冷たい隙間風がスースー入ってきて頬に当たります。ここの流しの下にこのまま居たんじゃ風邪を引いてしまう。とにかくベッドまで這ってでも行って布団の中に入ろう。

狭いワンベッドのアパートですから、キッチンからベッドまではたったの五メートルしかありません。その五メートルを、十センチ這っては一休み、十センチ這っては一休みの「匍匐《ほふく》前進」を繰り返し、とにかくベッドまで辿り着きました。たったの五メートルの距離の匍匐に二時間半も掛かってしまいました。こうやってベッドまで行くことができたのですが、どうやってベッドの上に這い上がったのか、今は全く覚えておりません。

娘に「倒れたから助けて」という連絡はできませんでしたが、夕方五時半頃、娘が私の所にやって来ました。動きが全く取れない私を見てびっくりしていましたね。彼女が来てくれたので、ここでやっと救急車を呼ぶことができました。

救急車で搬送された先は「アムステルダム病院」という所でした。

輸血で生き返った!!

アムステルダム病院では、私がなぜ倒れたか、倒れた原因を探るべく、ありとあらゆる検査が行われました。まず血液検査です。その結果、鉄分と赤血球が異常に少ないことが分かりまして、すぐ輸血が始まりました。

輸血なんて初めての経験です。血液の袋を二つ持って来て点滴台からぶら下げ、腕に入れ始めました。赤黒い液体が体内に入っていくのを見て、最初は「何だか気持ちが悪いな」と思っていたのですが、一袋が終わって次の二袋目を入れ始めると、氷のように冷たかった身体がポカポカと暖かくなってきました。自分でも「ああ、生き返っているんだ」ということが分かってきました。後で娘に聞くと、「あの時は危なかったのよ」と言っていました。

どこの国のどなた様か分かりませんけど、私に血液を下さった方々、本当にありがとうございました。おかげ様で私は生き返ることができました。ここで、心からお礼を申し上げたいと思います。

私が子供の頃、近所の男の子（一歳）が白血病を患っていました。「毎日輸血しなければならないのよ」と、お母さんが言っていたのを、輸血している間に思い出していました。身体が暖かくなって来たところで、「ああ、輸血とはこういうことだったのか。あの白血病の坊やもこうやって輸血したのかな、身体がポカポカ暖かくなっていたのかな？」と、何十年も昔の話を思い出したりしていました。「でも、毎日輸血するのは親も子も大変だっただろうな」などと考えていました。自分が輸血を体験して初めて、その辛さがよく分かりました。輸血するには、お金や時間もかかりますしね。

終戦後まだ間もない頃、私の父が肺の手術をすることになりました。その当時、病院には血液がありませんでしたので、手術をする日、血液を提供する人を病院へ連れて行かなくちゃなりませんでした。で、母が近所の知り合いに頭を下げて、病院まで来てくれるよう頼んで回りました。病院へは四人みえました。血液型を調べて父と同じ型なら四〇〇ccの血液を提供してもらうことになりました。

私は父と血液型が同じでしたので、もちろん採血しました。最初は四〇〇cc取ってもらうつもりだったのですが、二〇〇cc採取したところで医者が採血をやめたんです。何か私の顔付きがおかしくなったと医者が気付いたらしいのです。それで二〇〇cc取っただけで私の採血は終わりになりました。二〇〇ccだけじゃ父の手術には到底足りませんので、来て下さった方々の血液も頂きました。おかげ様で父の肺切除の手術は成功いたしました。

私はこの時の経験で、献血するのも大変だということがよく分かりました。その後も献血の経験は何度かあるのですが、その日の体調がよくないと献血ができない訳ですから、四〇〇cc採血するのはなかなか大変なのです。近所の方々、黙ってよく血液を提供してくださいました。感謝、感謝の言葉しかありません。

とまあ、いろいろ考えているうちに眠たくなって眠ってしまいました。後で娘が「お母さん、いびきをかいてよく眠っていたよ」と言っていました。

その翌日も二袋の輸血をいたしました。

寝たきり垂れ流し老人

この病院の患者が着る病院着は、やっぱり割烹着スタイルでした。割烹着スタイルは割烹着スタイルでしたが、袖が短かく肩がちょっと隠れるくらいで、どちらかと言うと、涎《よだれ》掛けを膝まで長く伸ばしたようなデザインでした。首のところと背中と胴のところに紐が付いておりました。首の紐は結ばなくちゃ涎掛けになりませんから結びましたが、あとは締めてもゆるゆるです。ベッドに寝る時は、お尻を出して寝るようにナースから言われておりました。涎掛けの腰の布を横に伸ばしてお尻を覆っていて、もし、しくじったら涎掛けが汚れるでしょう。

私はギックリ腰のようになったので、腰や背骨を痛めてここに搬送されたのでした。トイレに行くのにナースを呼んでも立ち上がることすらできませんでした。ナースからはそのまま、ベッドの上にするように言われました。いわゆる「垂れ流し」です。

ナースは私の股に直径五センチ、長さ十センチくらいの筒を挟みました。これには真空吸引装置が付いていて、出した尿を吸引装置で筒の中に入れるのです。また筒には直径一センチのビニールの管が付いていて、尿はそれを通って、枕元に吊るしてあるボトルに溜まるようになっていました。今、用を足した自分の尿が、目の前のチューブを横に通過して行くのを見るのは「ヘン」な感覚でしたね。通常なら、出した尿は下に流れて行くものでしょう。それが横に流れていく。隣の患者さんの尿も横に流れて行って、彼女の枕元の尿ボトルに溜まる。お隣さんのボトルも私の目の前に見えるんですよ。どっちの量が多いか。

ナースは排尿の度に患者をベッドから下ろし、バスルームへ連れて行かなくてもいい。尿ボトルには目盛りが付いているので、一日の尿量はすぐ分かる。お尻丸出しだから、涎掛けを汚す心配もない。ナースにとっては一石三鳥ですね。患者にとっては、「さあ?」。

ある晩、夜の十時半にモニターテレビがやって来ました。見ると、髪の長い白髪の老婆が一人映っています。日本人です。幽霊のような老婆です。私も老婆ですが彼女ほどひどくはない(と思っています)。その幽霊は日本語で、「今から貴女と話がしたいです」と言いました。私は「幽霊」と話す気はなかったので、「私は貴女と話す気はありません。私は眠いのです。今から寝ます」と言い、折角の申し出だったのですがお断りいたしました。

翌日、同時刻にまたモニターテレビがやって来ました。今度は幽霊は映っていませんでした。モニターテレビを持ってきた人が英語でモニターに何か言いましたね。するとモニターが「何か困ったことはないですか?」と聞きました。「あっ、モニターが通訳だったんだ。きのう貴女と話したくないと断ってしまったけど、この質問だった

のだ。で、

「お布団の上におしっこをするのはイヤーな感覚なんです。ベッドパン（便器）で取ってください」と、頼みました。


子供の時、おねしょしたことがありますが、あれは眠ったまま、脳が分かっていない状態でするわけでしょう。これは違います。頭はしっかりしているので、「今からお布団の上に出します」いう感覚なのです。とてもじゃないですよ。で、「便器を持ってきて取ってくれ」と頼んだのです。

「分かりました。これからそうします」

と、モニターは答えました。

行きはよいよい帰りは怖い

心電図をはじめ、心臓エコー検査、頸動脈エコー検査、レントゲン検査、てんかん検査、ＭＲＩ検査と、まあいろいろやりました。

レントゲン検査では、Ｘ線検査技師は二人とも女性でした。さすがはアメリカ、女性がよく頑張っているなと思っていたのですが、二人とも手荒かったなあ。検査台の上で私を引っ張り回しましたね。撮影する位置によって「あっち向け」「こっち向け」と、二人して私を引っ張り回す。私は腰の骨と背骨を痛めているわけだから、引っ張られた方向によっては物凄く痛いのです。「あっ、痛っ」と言っても知らん顔。検査台の上で、私の足を掴んで引きずって下げる。女性技師は力がないので、そうするしか方法がないのかな。でも、こっちは「痛いよおー」。

「女性検査技師はダメだね。力がないから、引っ張り回す」と、娘に言ったら叱られた。「お母さん、女性差別よ。個人差もあるから」って。個人差もあるでしょうけど、男性との「力の差」は大きいですよね。重量挙げ（ばあさん挙げ）は女性より男性が強いでしょう。

夜十時過ぎに「今からＭＲＩを撮る」と言ってＭＲＩ室の技師が私を迎えにやって来ました。夜十時を過ぎているんですよ。屈強なアフリカ系男性二人でした。ベッドから私を軽々と担ぎ上げ、ストレッチャーに移しました。ＭＲＩ室に入ると、また軽々と私を検査台に移しました。扱いが上手だったのでしょうか、腰も背骨も痛くも何ともなかったのですよ。

検査が終わったら、来た時と同じように、彼らがまた私の病室まで連れて行き、骨が痛くないようにベッドに降ろしてくれるだろう。後は寝るだけだと思っていましたら、違いましたのよ。畜生‼

ある倉庫のような所で、彼らは私のストレッチャーを置いて行ってしまいました。すぐ迎えに来るのかなと思っていましたが、五分待っても十分待っても戻って来ないのです。

私は仰向けに寝かせられているので、天井しか見えないのです。天井は低く、部屋全体が薄暗かったです。右目を薄く開けて、右足の方角を見ると、使わないストレッチャーや椅子や何やかやが、雑然と置いてあります。揃えた両足の方角を見ると、廊下があってその先にＭＲＩ検査室があります。

今度は左目を薄目にして、左足元の方を見ますと、通路があって、通路の奥には部屋があるらしく明かりがついています。そして、その通路から二メートルばかり左に寄った所にエレベーターが一つありましたね。

とにかく天井は低く、薄暗く、だだっ広く倉庫に使っているように見えました。頭の後ろにも二基のエレベーターがあるらしいです。そんな場所に、私のストレッチャーは置き去りにされてしまったんです。急に恐怖心が募ってきました。

「どうしよう。朝までここに放ったらかしにされるのかな」

そうだ。明かりが見えるから誰かいるだろう。で、私は大きな声でおらんだ（叫んだ）のです。

「助けてえー」「誰かー、居ませんかあー」「助けてえー」

と、五分くらい大声で喚きました。まったく反応なしです。

薄暗いエレベーターホールに置き去り一時間

しばらくすると、もう一台ストレッチャーがやって来ました。私の左隣にピッタリとくっつけられました。隣のストレッチャーの方が十センチばかり高さが高かったので、私は左目でそこにいるおじさんをチラチラ見たのですが、おじさんは固まって全く動かなかったですね。ピクリともしない。「この人、生きているのか。ひょっとして……」急に鳥肌が立ってきました。

今度は隣のおじさんを意識しながらおらびました。

「助けてえー」「MRIの人が私をここに置き去りにしたあー」「助けてえー」「九階に連絡してくれえー」「助けてえーー」

おじさんのストレッチャーは私の左隣にピタッとくっついているのですから、私が叫べば何か反応があってしかるべきでしょう。

「やかましいー」「うるさーい」「黙れー」「今に迎えが来るから静かにしとれえー」とか、何か反応があってもいいでしょう。それが何も言わないで固まったままなのです。ますます気味が悪くなりました。

エレベーターの前で掃除をしているおじさんが一人見えます。十メートルくらい先の方です。今度はそっちの方角を目指して、

「私の病室は九階だー。九階に電話して迎えに来るように連絡してえー」

と言ったら、おじさんが何か電話しているように見えました。十メートルも離れて

いるので、おじさんが話しているように見えただけかもしれない。私の目は悲しいほど悪いのです。左目は加齢性黄斑変性で視力はほとんどゼロ。右目はド近眼で、これまたよく見えない。でも、エレベーターの前には確かに人間が一人いる。

やがてエレベーターのドアが開いて人が一人降りて来ました。そして掃除のおじさんと二人でこちらにやって来ました。電話してくれたんだ。やっと助けに来てくれたんだ。しかし、二人は私を素通りして、隣の死んだような人のストレッチャーを押して、私の頭の後ろにあるエレベーターに乗って行ってしまいました。

また、私一人になりました。また大声で喚くことにしました。

「助けてえー」

「私はＭＲＩのスタッフに、ここに置き去りにされたあー。置き去りにされたあー」

「九階に連れて行ってえー」

「助けてえー」

「誰か居ないのおー」

それから三十分くらい、私は倉庫らしきところに置き去りにされていました。十一時半過ぎてやっと女性のナースが二人で私を迎えに来ました。

身動きのできない患者を一時間も放ったらかしにするのは危険だとは思いませんか。ストレッチャーから落ちたら大怪我をするでしょう。誰かに連れ去られるかもしれない。誰かに殺されるかも分からない。患者を一人にするのはまずいよ。スタッフの手から手に確実に患者を渡していかなくちゃいけませんよ。

十一時がナースの交代時間だそうですから、交代のナースが遅れたのかも分かりませんが、そうであっても患者には関係ないことでしょう。

私がぎっくり腰でなかったら、私はストレッチャーから降りて、一人で九階の病室に戻っていましたよ。

原因は大腸がんの下血による貧血

ここの病院の看護師のユニフォームは、正看護師、准看護師、看護助手とそれぞれ違っていましたが、一人だけ真白なジャケットを着た看護師がいました。若いアフリカ系女性看護師です。彼女は私の部屋に入ってくるなり、まず自己紹介をしました。

「私の名前はミャーシュです。ナイジェリアから来ました」

私は思わず、

「わー、私の名前と似ていますね。私の名前は宮地です。日本人です」

彼女はにっこり笑って、

「あなたと名前が似ていると最初から思っていました」と言って「ピーヒャラ、ピーヒャラ……」と、日本のテレビでやっていたアニメの主題歌を歌ってくれました。

彼女は、昼間の看護師の仕事が終わったら、夜は夜学に通い、医学部の単位を少しずつ取っていると言っていました。「わー、彼女は医者のたまごなんだ」だから真白なジャケットを着ているのだ。彼女は本当に細々とよく気が付くナースでしたね。患者の方をよく見ています。

例えば、食事のためにベッドを起こすでしょう。他のナースは、パッと一度にベッドを起こすのです。その度に「あっ痛っ。ゆっくりして」と言わなければならない。でも彼女の場合は、私を見ながらゆっくりとベッドを起こしますね。患者の方を見ています。

今晩は彼女が私の面倒を見ることになっていました。今までいろいろな検査をしましたが、今晩は最後の大一番の検査、大変な夜でした。それは翌日、大腸の内視鏡検査があるので、一晩かかって大腸を洗浄しなければならなかったのです。

彼女は四リットルの洗浄液を持って来てこう言いました。

「夕方六時から夜の十二時までに、この四リットルを飲みなさい。一時間に一リットルの割合で飲むといい」

そしてベッドの脇にポータブルトイレを置き、「トイレに行きたくなったら、ナースコールをして私を呼びなさい」。

最初の一リットルは何とか飲めたのですが、だんだん飲む速度が遅くなってきました。その上、一時間も経つとトイレに行きたくなります。そのうちトイレに行く時間が短くなり、二十分に一度、十分に一度、最後には五分に一度、ナースコールをしなきゃならないようになります。下す。ナースコールする。下す。ナースコールする。この繰り返しです。三リットルも飲むと、もう飲めなくなって私は、「もう飲めない。

残りは明日の朝飲むから」と、懇願いたしましたが、彼女は医師の立場に立ってきびしく一言。「最後まで飲みなさい」。

仕方なく、私は五分ごとに飲んじゃ出し、飲んじゃ出しをやりましたが、私はもう疲れ果ててしまっていました。


いつの間にか、看護師は若い男性に替わっていました。この看護師さんも優しい人でした。五分ごとのコールに、ちっとも嫌な顔をせずに付き合ってくれました。それに甘えて、残った洗浄液五〇〇ccを見せて、「もう飲めない」と言ったら「いいでしょう」と許してくれました。でも出す方はやっぱり五分ごとです。

突然、隣のベッドから、「外に出て行け!!」と、大声で怒鳴られてしまいました。そりゃそうでしょう。五分ごとのナースコールじゃ、カーテン一枚の隣に寝ている人はたまったもんじゃありませんよね。怒鳴られるはずです。男性ナースはちょっと間を置いて、静かにこう言いました。

「今、夜中の二時半ですよ。どこに行けと言うのですか」って。

これで相手は黙ってしまいました。

次の日の昼頃、ストレッチャーに乗せられて、内視鏡検査室に行きました。ここまでは覚えているのですが、そこで麻酔を打たれたらしく、いつ検査が行われたのか、全く分かりませんでした。「はあ〜い。終わりましたよー」で気が付きました。

検査の結果、大腸に六センチ大のがん（後で手術の時測ったら九・二センチ大あった）が見つかったということでした。アムステルダム病院では、倒れた原因を探るべく、いろいろな検査をいたしましたが、最後の最後の検査、大腸の内視鏡検査で倒れた原因が分かりました。結論は「大腸がんによる下血で貧血を起こし倒れた」でした。

二〇二〇年二月十八日〜二十五日のコロナ情報は「イタリー北部でコロナ患者が多く出た」というもので、まだニューヨークには危機感はありませんでした。

レキシントン病院・2

ＮＹにもコロナ患者が増えて来た

自宅キッチンで倒れた原因は、緊急搬送されたアムステルダム病院で、「大腸がんによる下血で貧血を起こして倒れた」ということが判明いたしましたので、次はその手術ということになります。

私には「がん」の主治医ともいうべきドクターが付いています。彼が私の「がん」に関すること全てを決めます。私は彼の指示に従い、アムステルダム病院を退院してから八日後の三月五日に、レキシントン病院に入院し、大腸がんの手術をすることになりました。手術の執刀医も彼が決めます。消化器外科の執刀医の先生は、これもまた「神の手」でしたね。お名前からすると、ロシア系かな、男性、四十～五十代。

その頃、コロナ患者がニューヨークでも増えてきて、たったの一週間で大騒ぎになっていました。報道によりますと、ニューヨーク州で、一日五千人から六千人が病院の救急窓口に電話したり、そのまま救急車で搬送されたりして、救急窓口はどこの病院も大層混乱しているということでした。で、消化器外科のドクターからは「混み合わないうちに、なるべく朝早く救急窓口に来てくれ」と言われていました。救急窓口のベッド数も決まっていますからね。当時は行けばすぐ診てもらえるという状況ではありませんでした。

救急搬送された人の中には、ものすごい咳をしているおじさんがストレッチャーに乗っていましたね。その咳は大きな乾いた音で「カァン、カァン……」というように聞こえました。「あっ、これがコロナの咳か」と思うと、とても怖かった記憶がありました。私は高齢者で、おまけに持病がありますでしょう。「がん」患者だし、右の肺は三分の一切除している。コロナにかかったらイチコロであの世行きでしょう。

朝早く行ったせいか、私は救急窓口で受け付けてもらうことができました。救急窓口では私の腕に、空色の腕輪を付け、それには「倒れる危険性あり」と書かれていました。また、ここでいろいろな検査が行われ、夕方にやっと病室に通されました。

食事は前に書きましたように、前もってレストランに申し込むようになっていました。娘が翌日の食事を申し込んでくれ、食事どきには、娘か娘婿が交代で食事補助のために来てくれていました。しかし、二、三日後には、一家族で一人しか入館を許さない、また許可された者も時間制限がある、ということになり、だんだん厳しくなってきました。入館するのにも、外で長時間並ばなくてはならなくなってきました。

この病院に入院して二日目だったでしょうか。本当に恥ずかしいことをやらかしてしまったんですよ。そんな恥ずかしいことなんかわざわざ書かなくてもいいのですが、やっぱり正直に書きましょう。「大腸がんの闘病記」というのは、大腸という場所が場所だけに、お腹から下の話で恥ずかしいことが多いのです。

体温ゼロだって？　まさか

恥ずかしかった話はこうです。入院の三日くらい前から、ひどい便秘をしていたんです。それを手術前にどうしても解決しておきたかった。で、看護師に言って座薬を入れてもらったんです。座薬はすでに「学習済み」でしたから何も問題はないと軽く考えていました。「十分くらい経ったらトイレに行きたくなる。これはちょっと強い薬だから、一回出ても、またすぐ次が出るから、便器にしばらくは座っていなさい」と言われておりました。

その通りにしました。最初、大量の便が音を立てて猛烈な勢いで出て行きました。お腹の中は空っぽになるくらい出ました。しばらく座っていましたら、また大量の便が勢いよく出て行きました。

「三日間も、お腹がパンパンだったのが一挙に出て行ったあ。やったー」

もう全部出終わったと思い、洗面台で手を洗っていた時、第三発目が水蒸気爆発をいたしました。突然、突然にです。すぐそばにトイレはあるんですが、トイレに戻る時間なんてありませんでした。私のそばで世話をしていたナースは汚物まみれになってしまいました。私は「アイ　アム　ソウ　ソーリー。アイ　アム　ソウ　ソーリー。……」と何回くり返したでしょうか。そのうち涙が出て来て洗面台にすがって泣き崩れてしまいました。私のために通訳をしていた娘が言うには、「こういう場合、すみません（アイ　アム　ソーリー）と言う必要は全くありません。よくあることなんだから」と言ってくれたそうです。優しい！

私の身体を綺麗に拭き、病院着を着せ、寒くないようにバスタオルを腰に巻いて、とにかく椅子に座らせました。それでも私は泣きやみませんでした。看護師さんたちに悪いことをしてしまったという涙か、失敗してとても恥ずかしかったので出た涙なのか、自分でもよく分からないのです。

時系列が少し間違ったかも分かりませんが、手術のための洗浄液を飲んだのも、多分この日の夜だったと思います。だったら座薬など使わなくてもよかったのだけど、と思いましたが、それは後の祭りです。いつ手術が行われるか、日時がまだ決まっていなかったのですから。

部屋は二人部屋を一人で使っていました。これなら大腸を洗浄する際にも「出て行け！」と怒鳴られる心配もありません。ナースはベッドを、先程汚したバスルームから離れた通路側に移し、サイドテーブルに六リットルの洗浄液を持って来ました。そして、「六時から十二時までに飲むように」と言って出て行きました。

ナースはポータブルトイレをベッドの側に置き、「必ずナースコールするんだよ」と念を押しました。ベッドの横には枠が付いており、ナースを呼ばなきゃ枠が外れないようになっていました。

　前回の内視鏡検査では、四リットルの洗浄液を飲むのに大変苦労した話は書きましたが、今度は六リットルです。一時間に一リットルの割合です。飲めるかなあ。一時間、三十分、二十分、十分置きと、ナースコールが短くなり、五分置きになってから、寒くて寒くてたまらなくなりました。ガタガタと震えがきました。足は十センチも左右に動いています。歯はガタガタ音を立てています。裸同然で、涎掛けの前だけしか衣服はつけていない。お尻は丸出し。それで五分置きにポータブルトイレに座るのですから、寒いはずです。

「寒いです。ブランケットをもう一枚お願いします」

　ブランケットといえば、暖かそうでしょう。暖かくはないんですよ。バスタオルの足まである長ーいヤツ。それ一枚じゃとても寒いんです。

　私が震えているので、アフリカ系女性看護師が「熱を計ります」とやって来ました。そして、

「テンパチャーゼロ（体温ゼロ）」と大声で言い、慌てて部屋を飛び出し、廊下を走って消えて行きました。

「テンパチャーゼロだって？　まさか。私ゃまだ生きとるよ」

血管が無い？　まさか

しばらくすると、ナースは二人の男性看護師を連れて戻って来ました。今から点滴をするというのです。手には血管を探す器具を持っていました。二十センチくらいの筒状のもので、それで腕を照射すると、血管が緑色に光って見えます。

「これで見ると血管がどこにあるか分かるんだ」と、自慢げに言い、私の両腕を調べていました。

「オー、ノーベッスル（血管が無い！）」

「血管が無い？　まさか。私ゃまだ生きとるよ」

彼女は血管照射器を諦めて、私の腕を縛って静脈を探し、針を刺しましたが、二度失敗。男性看護師たちも試みましたが、いずれも失敗。もう一人誰かを呼びましたが、そのナースも失敗。おかげで私の腕は穴だらけになってしまいました。

男性ナースがどこかに電話をかけていましたが、十分くらいすると、中国系女性ナースがやって来ました。彼女は私の左手を見ていましたが、左手の甲近くに針を刺し、一発で点滴の針を入れました。

この部屋にはモニターがありませんでしたので、急遽、モニターのある部屋に移されることになりました。モニターを付けて血圧、体温、心電図などを測定しなきゃ危ないということでしょう。点滴の後また輸血が行われたように思いますが、もうその時のことはあまり覚えておりません。六リットルの洗浄水も頑張って飲んだ記憶はありますが、いつ飲み終えたのかもよく覚えておりません。

移った部屋は相部屋でしたが、私が入った時は私一人だったので助かりました。「出て行け！」と言われなくても済むでしょう。朝早くお隣さんが入ってきましたが、私の方が先客ですからね。へへへ……。

部屋を移る際、中国系男性看護師が私の引っ越しを助けてくれました。荷物の忘れ物はないか、部屋の隅から隅まで探してくれ、ビニールの袋に入れて、私の寝ているベッドの足元に置いてくれました。

「これで全部ですか？」

「バスルームに歯ブラシがあります」と言うと、洗面所に雑然と散らかしていた歯磨きグッズやその他のものを、きちんと洗面袋に入れて持って来てくれました。日本では、「そんなこと当たり前でしょう」と言われるかも分かりませんが、ここはニューヨーク、こんなに細々とよく気が付くナースは珍しいのです。

他の病院のことですが、部屋替えの際、ナースが靴を袋に入れてくれなかったので、靴をなくしてしまったこともありました。

消化器外科のドクターも「神の手」だった

三月九日、大腸がんの手術をすることが決まりました。二〇二〇年、八十六歳の時でございました。

手術は、夜七時半から行われました。ドクターは私に、

「ロボット手術は麻酔が六時間必要で、あなたには危険すぎる。自分は麻酔時間が二

時間の Open Surgery（開腹手術）を勧める」

と言われたので、それに賛成し、手術承諾書にサインをしました。

私を手術したドクターは、その日は朝から手術をしていて、私が四番目の手術でした。前の手術が終わるのが遅れて、私の手術は夜の七時半にずれ込んでしまいました。夜遅くなっても、どうしてもその晩、手術をやってしまいたかったらしいです。一つには六センチと言われていた「がん」は大きい。もう一つは、これは後から分かったのですが、コロナ患者がこの病院にも押し寄せてきて、一般の手術ができなくなる。多分この二つの理由からでしょう。

「手術、終わりましたよー」という日本語が聞こえて来て、麻酔から目が覚めました。声の主の方を見ると、日本人男性医師が私のベッドの左足元の方を押してくれていました。「あっ、手術室に日本人がいたんだ！　これで大丈夫だ！」なぜか日本語を聞くと、私は「大丈夫！　助かった！」と思うんですよ。

「がんの大きさは六センチということだったけど、開けてみたら九・二センチあった。放っておくと危なかった。まわりのリンパ節を十二個取ってのけた。がんの転移は全く見られなかった」というドクターの説明がありました。

私の「がんの主治医」の説明はこうでした。「普通、リンパ節を十二も切除するドクターはいないよ。再発しないように念を入れたのだろう。転移はないので、抗がん剤も飲まなくてもいいし、放射線照射もしなくていい。前の大腸がん（八十一歳の時、福岡の病院で手術したS状結腸がん）とは関係ないだろう。今度のがんは再発ではなく、新しい別のものだろう。がんが出来やすい体質かもしれない」と、言っていました。で、退院後、大腸がんの遺伝子検査をしましたが、大腸がんの遺伝子は見つかりませんでした。よかったです。


毎朝五時半になると、ナースがやって来て、体温、血圧を計っていきます。今日は六時に、また別のナースがやって来ました。今度は何事かと思っていると、今から私の身体を拭くという。朝六時に身体を拭いてくれることは今までなかった。というより、身体を拭いてくれたことはなかった。怪訝な顔をすると、「七時にドクターの診察があるから」と言う。

「どうですか？」とやって来たのは、超ド派手な革ジャンをまとった男性。えー、これが「神の手」のドクター？

地獄のリハビリテーション

地獄のリハビリテーションが始まりました。朝ご飯を食べている最中に、リハビリの先生たちがみえました。「今、ご飯を食べているでしょう。食べ終わるまで待ってください」と言ったら部屋を出て行かれました。食べ終わってすぐ来られても困るんですよね。食後三十分くらい休んでからにして欲しいです。ベッドに横たわっていたら、すぐ、アジア系の若い男性のリハビリの先生がやって来て、いきなり私のお腹をグイと押しました。「痛いっ！」お臍の上の傷口を押すんですから痛いですよ。

リハビリの先生たちは、患者の病気やどんな手術をしたかを知らないまま、ただ、決められたメニューに従って、患者を動かしているようですね。早くメニューをこなして、早く帰りたい。食事を後にして、リハビリから先にやりたい。冗談じゃないですよ。こっちは病人なんだから、まず、食べるものは食べてからでしょう。でなきゃ、私は倒れてしまうよ。廊下を十メートル歩くこと、チェアーに三十分座ることなどが命令されましたが、チェアーに三十分座るだなんてとんでもないです。私のハラキリ手術は、お臍の上五センチから、お臍の真中を通り、さらにその下十センチ切っているんですよ。チェアーに座るということは、頭から、肩から、胸からの重さが傷口にかかるってことですよ。ベッドを起こして座るのも、ほぼ垂直に近いからダメ。ベッドに寝るのが一番。で、とうとうその日のリハビリは断ってしまいました。

翌日は、「廊下を十メートル歩け」ということになったらしいです。涎掛けは前だけだから、もう一枚涎掛けを持ってきて、後ろにも下げる。そうやって歩く練習が始まりました。部屋を出て、五メートル歩いただけで、部屋に戻りました。トイレに行きたくなったからです。用が終わるとナースが「もう五メートル歩け」と言う。歩きたくなかったけど、頑張ろうと思い、その誘いにのってしまいました。

部屋を出て廊下に出た途端、緊急事態発生！　廊下で下してしまったんです。私をサポートしていたナースだけではなく、廊下にいたナースたち全員が駆けつけて廊下の掃除をしなきゃなりませんでした。なぜ、パンツも履かせないで、お尻丸出しで廊下を歩かせるのか、そういう危険性があることは、分かっているでしょうに。

腸は独立した臓器、と聞いたことがあります。人間の脳の言うことは全然聞かないのでしょう。勝手気ままに動く。それが腸というものでしょう。最初少し歩いたから、腸も良い運動になった。「じゃー、私、腸も、ちょこっと蠕動《ぜんどう》しましょうかねえ」となった。また歩き出したので、「また、蠕動しましょうかねえ」。腸の方は、場所がトイレか廊下か分かりませんのでね。自分の気に入った時間に蠕動し、汚物を撒き散らす。

腸に負けないように、こちらも考えました。いえね、難しいことじゃありません。パンツを履いてリハビリすればいいだけのことです。リハビリの先生たちは、なぜそんな簡単なことを教えてくれないのか分かりませんね。

娘から話を聞いて、翌日、娘婿が娘に持たせたものは紙おむつです。これを付けておれば、十メートルでも二十メートルでも心配なく歩けますよ。

翌日のリハビリの先生は、白人の若い女性の先生でした。廊下を端まで歩いて病室に戻る途中、大きな鉄の扉があって、それを開けると、そこに階段があるのです。彼女はわざわざそこに寄り、扉を開けてこう言いました。「トライしてみますか?」

私は二、三日前に「ハラ切り」手術をして五メートル歩くのがやっとなのに、階段を上れるわけがないでしょう。

「ノウ、できません」と返事をしたら、先生は勝ち誇ったようなお顔をなさいましたね。意地悪ねっ。

「がん」の手術ができてラッキー

翌日の朝六時、ナースが、洗面器とポットを持ってやって来ました。ポットからお湯を洗面器に移し、「これで身体を拭きなさい。自分でやりなさい」と言って、ペーパーを置いて部屋を出て行きました。紙で身体を拭けって? あまりしたくなかったので、顔と手を拭いて終わりにしようとした時、ナースがまたやって来て、「ドクターの診察がある。ここは拭いたか、あそこは拭いたか」と、いちいちやかましい。で、仕方なく彼女の言うまま拭いたのだけど、紙ではねえ、拭く気がしないよ。すぐヨレヨレになってしまうし……。

七時にドクターが診察にみえた。やはり超ド派手な革ジャン。パターンまでは覚えていないけど、派手な色が二、三色あったような気がする。

「わー、ド派手！　でも似合ってる。でも、あなた、お医者様でしょう」と思ったので印象に残っているのです。

「どうですか？」と、ひとこと言い、私の顔を見て出て行かれました。

この原稿を書きながら気がついたのだけど、自分の診療所へ行く前に、この病院に寄り、手術をした患者を診て回ってたのかな。バイク通勤だったりして……。

退院して二ヶ月後に、診察があったのだけど、その時はレキシントン病院に行ったのではなく、彼の診療所に行きました。

「あなたが退院してから、コロナ患者が増えて、ベッドの半分はコロナ患者で埋まってしまった。それで、一般の手術は全くできなかった」

と、ドクターは言っていました。

そう言えば、「朝早く救急窓口から入れ」と勧めたのも彼でした。その頃の報道で、「コロナ患者は病院で、六時間待ってやっと入ることができた」というのがありましたが、具合が悪くなっても病院にも入れてもらえなかったようですよ。ドクターはコロナ患者が増えて一般の手術ができなくなるかもしれないと思い、できるうちにやってしまいたかった。だから夜中の手術になってしまったのでしょう。手術はドクター一人でするわけではなく、医師も看護師も沢山の人が関わりますのでね。人手があるうちにやってしまわなくちゃならなかった。

危なかったなあ。がんの手術をして「ラッキー」というのも変な話だけど、本当に私は「ラッキー」だったのですよ。「神の手」ドクター先生様、本当に、本当にありがとうございました。先生のおかげで私は命拾いをいたしました。

退院の日がやって来ました。しかし、「ハラ切り」手術でしたから、家に戻ってすぐ自立できるわけではありません。それで、リハビリテーションの病院に移動し、十日間そこでリハビリをすることになりました。リハビリ病院にも、三つか四つかの選択肢がありましたが、その中の一つにワシントンハイツ・リハビリセンターというのがありました。そこは、カリブ海周辺の国々から来た人たちのための老人ホームですが、日本人の入居者も多く、二十人くらいおられると聞いていました。私の知人も数人入居していました。ちょっと気持ちが動きましたが、マンハッタンの北のはずれにあって、私のアパートから遠いんです。で、結局、私のアパートから一番近いハドソン・リハビリ病院というところに移ることになりました。

移動手段は、レキシントン病院から車椅子に乗って、アンビュレット（小型救急車）で行きます。娘が付き添って側におりましたが、ハドソン・リハビリ病院では、入院患者だけが入館を許され、家族は入館禁止でした。係員は、私の車を押してどんどん中に入って行きます。娘が心配そうな顔をしていましたが、これもコロナ禍のせいで仕方がないことでした。その頃、ニューヨークは世界一患者数が多く、死者の数も世界一だったのですから。

ハドソン・リハビリ病院

リハビリ付き老人ホーム？

係員はどんどん車椅子を押して、私の今晩泊まる病室まで行きました。二人部屋で、廊下に近いところは先客が入居しておりました。私は窓際のベッドです。私の全財産を入れた二つのビニール袋は、足元にある靴棚の上に置きました。

ここの病院では涎掛けではなく、パジャマを着たように思います。もちろんパンツもはきましたよ。

「バスルームへ行く時は、ナースコールをするのよ」と言われていたので、夜十時半にコールしたのですが、ナースが来るまで十分以上かかりました。それじゃ緊急事態に間に合いません。で、「自分で起きて行くことができるから」と言って、一人で起き上がってバスルームに行くことを許してもらいました。

バスルームは部屋の出口近くにあって、そこに行くには、お隣さんのベッドの脇を通らなければなりません。通る度に、チラッ、チラッとお隣さんを観察いたしました。

白人の高齢女性で、スペイン語のテレビを見ていました。足元の靴棚には、五、六足の靴が並べてありました。靴棚の上の壁には、クリスマスカードが十枚ばかりピンで止めてありました。靴棚の左には、長持ちくらいのサイズのプラスティックの箱が二つ。その日は三月十八日だったので、少なくとも三ヶ月は入院していることになります。長い入院です。布団や毛布、衣類なども多く持ち込んでいるらしいので、「ここはリハビリテーションの病院だけではなく、老人ホームも付いているのかな」と、チラッと思いました。

お隣さんは、食事は三食とも、ナースに食べさせてもらっていました。排泄物はベッドの上で取ってもらっていました。いわゆる「寝たっきり」というのは、こういう状態を指すのでしょうか。その当時、私はニューヨークに永住するつもりでおりましたから、ニューヨークで、私もこういうふうになって行くのか、明日は我が身で、「チラ見」もやるせなかったです。

三日目の朝六時に娘から電話があり、「病院から連絡があったのだけど、『今からすぐ部屋を移る』って言ってるよ」って。朝六時ですよ。

私はとび起きて、サイドテーブルの上の道具や、引き出しに入れていた衣類などをビニール袋にまとめていましたら、そこにナースがやって来て、部屋に入ると同時に私のビニール袋を手に取りました。とても急いでいる様子で、私の荷物を持って部屋を出て、どんどん廊下を歩いて行きます。私も彼女にすぐ付いて行きました。付いて行かなきゃ、彼女がどこに行くのか分からない。

二、三日経って気が付いたのですが、靴がない。靴を持ってくるのを忘れた。ベッドでは、滑り止めの付いたソックスを履いていて、トイレに行くのも廊下を歩くのも、靴は履かず、ソックス姿でしたからね。ナースは、私の靴までは探しもしなかったたし、気も付かなかった。でも、靴がないと退院の時、困りますよね。

レキシントン病院で、中国系男性ナースが私の部屋替えの際、忘れ物はないかと私の荷物を隅々まで探してくれた話を前に書きましたが、靴をほったらかしにしていくナースがいることを考えると、この男性ナースのことは書き留めたくなりますよね。

引出しには前入居者のガラクタ一杯

あんなに私を急がせたのに、行った先はベッドの用意もできていなかったのですよ。「ベッドができるまで、廊下の椅子に座っときなさい」

しばらく座っていましたが、傷口が痛み始めました。さっきのナースは行ったきりで、いくら待っても戻って来ません。だんだん疲れてきました。仕方なく、廊下を通りがかったナースに、「横になりたいのだけど」と言いますと、ある病室の廊下側のベッドに案内されましたが、今度は枕がない。「枕を持ってきて」と言ったら、通りがかりのナースは、私が元いた部屋に行って、私が使っていた枕を持って来ました。

ベッドに横になれただけでも楽になったのですが、上に掛けるものがないと寒いです。今度は、廊下を通っていた別のナースに、部屋から大声で叫びました。「寒いです。上に掛けるものを何か持ってきてえ」で、やっとベッド三点セットが揃いました。

このリハビリテーション病院というのは何なんでしょうかね。患者を急がせて部屋を移らせたのにベッドも作っていない。

ベッドの脇にあるサイドテーブルの引出しは三段あって、一番上の引出しだけが空っぽで、中段と下段の引出しには、前の入居者のガラクタが詰まっていた。ロッカーの下の引出しにもガラクタが一杯。仕方がないので、私の荷物はビニール袋のまま、ロッカーの片隅に置いただけ。次の患者を入れる前に、なぜ掃除をしないのでしょうか。ベッドを綺麗に作ってから患者を入れるべきでしょう。掃除など全くしないのじゃないか？

この病院は私のアパートから徒歩十五分です。娘婿が着替えや靴を持って来てくれたのが金曜日でした。それが土曜日になっても日曜日になっても私の所に着替えが届かない。何度かナースステーションに説明を求めたのだけど、はっきりとした回答はなかったですね。月曜日にもこない。火曜日に、また文句を言いに行ったら「もう荷物は届いている筈よ。ロッカーに入れている」と言う。誰かが黙ってロッカーに入れて行ったらしい。荷物は私にきちんと渡すべきでしょう。

後で分かったのですが、外から荷物が届くと、中を開けて着替えを全部出し、一枚一枚に名前を書き、書いてからコロナのために消毒をする。それに時間がかかったためだとか。人手が無かったのでしょうが、それにしても、十日間の入院で、着替えが届くのに四日半はかかり過ぎでしょう。患者は着替えがないと困りますよ。

リハビリのための実物大模型

ハドソン・リハビリ病院には、最上階の十四階に、ワンフロア全部使ってのリハビリテーションの訓練施設がありました。原寸大模型です。バスルーム、キッチン、リビングルーム、タクシー、地下鉄の駅などが作ってありました。患者はそれに慣れるために練習させられました。

私はその時、歩行器を使って歩いていましたから、歩行器を使ってバスルームへ行き、それから降りてトイレにしゃがむ練習や、タクシーに乗る練習をいたしました。そのほか、ある時は、作り物のオレンジ十個をキッチンに四個、ベッドルームに三個、床に三個というようにあちこちにばらまき、「集めて来い」とかね。これは歩いたり屈んだりする練習だそうです。

私は、リハビリテーション病院というからひたすら歩く訓練をするのかと思ったら、それはなかったですね。ただ、小さな赤い円錐コーンを十個持って来て、それらをジグザグに置き、それを回って歩けというのはありましたけど……。これは私には相当キツイ訓練でした。真っ直ぐ歩くのもキツイのに、ジグザグというのは身体の向きを変えなくちゃならないでしょう。その度に身体がふらつきました。で、とうとう先生に文句を言ったんですよ。「私はかくかくしかじかの手術をしたので、まだ傷口が痛む」って。先生は「じゃ、今日はこれでやめましょう」。

やったー。歩行器を押して部屋に戻り、ベッドに腰を下ろしました。やれやれこれで今日のリハビリは終わったと思った途端、先生が私の部屋にやってきて、部屋に円錐コーンを並べ始めました。私のベッドは窓際ではなく、廊下に近い方のベッドでしたので、ベッドから廊下までは五メートルくらいありました。で、その五メートルに円錐コーンを並べて、「さあ、歩きなさい」。

泣き言を言ってうまくいったと思ったら、何のことはない。場所を変えたに過ぎませんでした。

ここのリハビリテーションの先生方も、どこからか派遣されて来ているらしく、その日のノルマを達成すればいいと思っているらしいです。病院から、患者の病気や状態や痛みなども何も知らされてはいないようでした。リハビリの先生たちは、患者一人ひとりに対するリハビリ・メニューを持っていて、それをこなせばいいのです。「患者がこなせば」じゃなく、「先生がこなせば」いいのですよ。

どこの馬の骨か分からん者同士

相部屋の主は、黒人のおばあさんでした。私はここで一週間世話になるのですから、挨拶をしておいた方がいいかなと思って自己紹介をしました。自分の名前を名乗った後、「私は日本人です。レキシントン病院で大腸がんの手術をしました。開腹手術だったので、退院してもすぐ家に帰ることができず、ここの病院で十日間、リハビリをすることになりました」と伝えました。

するると彼女は左胸を押さえて「私は胸が悪いのです」と、ひとこと言いました。私は自分ががんなので、相手もがんだろうと思い、それ以上のことは聞きませんでした。

翌朝、彼女は激しいくしゃみを繰り返し、そして咳をしだしました。朝と言わず、昼と言わず、夜と言わず咳、咳、咳、激しい咳です。毎朝、ドクターの検診があったし、ナースも体温を測りに来ていたので、コロナではないと思っていましたが、カーテン一枚の隣で激しい咳をされるのは、あまり気持ちのよいものではありませんでした。

隣にどんな人がいても、これは自分でガードするしかないので、夜寝る時はマスクを付け、ついでにアイマスクも付け、耳栓をし、隣に背を向け、えび型になって寝ました。

「どこの馬の骨か分からない者」同士の相部屋ですから、向こうも心配なのでしょう。トイレの便座にトイレットペーパーを二重に巻きつけて用を足すらしいです。で、終わったらペーパーは便器に流す。それを何回か繰り返すとトイレが詰まってくるんですわ。その度に私はナースステーションに行き、「トイレが詰まった。掃除してくれ」と言いに行かねばなりませんでした。最後には「もう修理はできない。廊下のトイレを使いなさい」ということになってしまったんですよ。

彼女がバスルームを出る時に、トイレットペーパーを幾重にも折りたたんでドアノブを掴まえていましたね。自分一人だとそんなことをする筈もないでしょう。相部屋の私が、コロナ患者かもしれないと思っていても不思議ではないですよね。

何だか病院も慌ただしくなって来ました。黄色のビニールのエプロンを付け、ビニールの帽子を被った、完全防備のナースたちが廊下を行き来しています。朝の検診は、若いドクターから高齢のドクターに替わりました。三揃いの背広姿で診察しています。左胸を二ヶ所、聴診器あてるだけ。二秒で終わり。

食事もだんだん手抜きになってきました。以前は、コーヒーや紅茶は病院内で沸かしたものでしたが、それが出なくなり、ミルクとバナナとマフィンだけとか。そこいらのスーパーやコンビニで買ってきたものを、そのまま出しているという感じになりました。毎朝、ポットに新しい水を持って来てくれていたのですが、それも来なくなりました。午前中に配っていた薬が午後に持ってくる、というように、いろいろなことがおかしくなって来ていました。

退院する日がやって来ました。車椅子に乗って出口まで降りて来た時、迎えに来ていた娘の顔色が違います。血相を変え、私の膝に載せていたビニール袋の荷物を手早く取り、持参した大きなビニール袋を出して、パッとそれに入れましたね。「コロナ濃厚接触物」というか、何か汚ない物を扱う感じでした。

そうやって、ハドソン・リハビリ病院の十日間の入院生活は終わったのですが、自宅アパートに帰ってからも、コロナ禍対策です。娘が看病に泊まってくれましたが、お互いマスクをし、部屋は別々。食事も別々。話はドアの外からですよ。

退院後二週間経った時、娘はマスクを外し、にっこり笑って「二週間経ったね。もうマスクを外してもいいよ」と言って、マスクを外しました。娘はコロナ濃厚接触者(?)の私を警戒していたようです。

久し振りにテレビを見ましたらね、「ワシントンハイツ・リハビリセンターでコロナ患者九十八名死亡」と言っているじゃありませんか。びっくりしましたね。聞くところによりますと、ニューヨーク州知事が、老人ホームの空きベッドにコロナ患者を押し込んだのだとか。私が入院していたハドソン・リハビリ病院でも二十五名のコロナ患者が亡くなったらしいです。危なかったなあ!!

レキシントン病院・3

床を転げ回るほどお腹が痛い

二〇二〇年七月十二日、お昼過ぎの十二時半頃、お腹が痛み出したのです。声をあげるくらい痛い。しばらく我慢をしていたのですが耐えられなくなって娘に電話をしました。「助けてえー、お腹が痛い」。

私はその時、三月にレキシントン病院で、大腸がんの開腹手術を受けていたので、その後遺症として、腸閉塞を起こしたのかなと思いました。普通の痛さと違い、床を転げ回るくらい痛いのです。

しばらくして、娘が来たので救急車を呼んでもらい、またもやレキシントン病院の救急窓口に搬送してもらったのです。救急窓口のドクターも私と同じ考えで、「腸閉塞の可能性がある」と言っていました。ドクターはすぐさま、足にモルヒネを打って痛みを止めました。

次に、CTスキャンを撮るため、二リットルの液体を飲みました。お腹が痛くて、なかなか飲めなかったのですが、とにかく頑張って飲みました。

二リットルの液体を飲み終わって一時間後に、CTスキャンを撮りました。その結果は「大腸には異常なし」とのことでした。腸閉塞という私の予想は外れましたが、外れて良かったです。じゃ、痛みの原因は何か？　またもや、検査、検査、検査です。X線や超音波での肝臓検査、その他の内臓検査が始まりました。

翌日十三日には、再度CTスキャンで四十五分もかけて胆のうの検査が行われました。でも結局、何か分かりませんでした。次にMRIの検査に移りましたが、この検査には五十分もかかってしまいました。

次の日、十四日になって、やっとMRIの検査結果を知らされました。胆のうに石があるのだそうです。それも胆のうの上部にある。放っておくと、石が下に下がって来て胆管を塞いでしまう。「もし石が下がって来たらものすごく痛い。今、手術をした方がいい」とドクターが言います。

「どこを手術するのか？」「いつ手術するのか？」「執刀医は誰なのか？」何も分からないまま、「手術する」という話が先行していきました。いくら聞いてもよく分からないのです。「手術方法は？」「麻酔時間は？」私には何も分からないのです。年配の外科医らしき人が、何人かの若い医師を連れて来て、中には学生もいましたが、「チームでやる」と言うだけでした。「ふーん。チームでやるってのは、責任者を決めないで、何か問題があった時のための逃げ口上じゃないのか?」と、私は疑ってしまいました。

手術後二十三時間で退院

七月十四日朝、ドクターが来て、私にこう言いました。「手術をします。手術室を押さえないとならないので、娘さんに連絡してくれ」。結局、娘とドクターとが電話でやり取りし、胆のう摘出の手術をすることに決まったようなんです。

手術時間は二時間。一時半に手術室に入って三時半に終わりました。心配していた麻酔時間は二時間でした。手術の穴は四個。ロボット手術でした。だから「手術はチームでやる」と言ったんですね。納得いたしました。

胆のうを摘出した翌日の朝、病室のテーブルの上に水が置いてありました。「飲んでいいのかどうか?」どのナースに聞いてても分からなかったので、飲むのを我慢していると、突然、朝食が来ました。スクランブルエッグにパンケーキ、ミルクコーヒーにジュース。食べていいのだと分かり、全部平らげてしまいました。

お昼頃、リハビリのために歩行器を使って廊下を歩く訓練が始まりました。それが終わると、セラピストがやって来て、私が歩行器を使って歩いているのを見、「これなら退院できるかもしれない」と言いました。次に、ケースワーカーがやって来て、私の自宅の状況を聞きました。「トイレに行けるか?」「シャワーの椅子はあるか?」「バスタブ(浴槽)に手摺りは付いているか?」

今まで何回も手術していたため、これらの設備は、全て整っていました。「全部整っている」と言いましたら、すぐ退院手続きが取られ、手術後、二十三時間で退院したのですよ。

この胆のう摘出手術は二〇二〇年七月十四日、八十六歳の時でございました。

入院は、コロナ騒ぎの中だし、病院は相部屋だし、トイレは共用。トイレに行く度に便座をきれいにしなくちゃ便座に座れない。またトイレに行く度にナースコールもしなくちゃならなかった。自宅アパートのトイレは、私専用のトイレです。便座が汚れていようがいまいが、どうだっていい。ナースコールもしなくたっていい。へ、へ、へ。やっぱり、早く帰りたいですよ。

次の週、胆のう手術執刀医の診療所に、術後の検診に行きました。「順調に回復していますよ」とのことでした。しかし、胆のうを取ったのですから食事制限はかなりありましたね。ベーコン、豚のバラ肉、卵、バターやブリーチーズなどの油分が多いものを食べるとお腹が痛むことがあるということでした。私は、その診療所で初めて外科医をゆっくりと観察したのですけど、とても優しい、いい外科医でしたね。「チーム云々」を疑ってごめんなさい。

先生は、そこで血液検査のため採血をしましたが、針刺しが抜群にうまかったですね。今まで何度も何度も、あちこちの病院で採血をいたしましたけど、この先生が一番お上手でした。「採血神の手」です。先生ありがとうございました。

退院一ヶ月後、腰のサポーターを外し、セントラルパークの入り口まで、ゆっくり歩いて行ってみました。約二十分かかりましたが、散歩することができたんですよ。嬉しかったなあ。

「神の手」で背中をさすってもらった

二〇二〇年三月九日に大腸がんの手術を致しましたが、翌年の二〇二一年三月、術後一年の「がん再発検査」が行われました。検査は、CTスキャン、MRI、PETスキャン、胸部X線検査、大腸内視鏡検査でした。その結果は全てネガティブで、「がん」は見られないということでした。

これらの検査結果の説明は、五年前に肺の手術をした呼吸器外科（イタリー系、男性、四十代）の「神の手」ドクターが行いました。「今の時点で、がんの再発は見られない」ということでしたが、左胸にある何か小さな影が少し気になるようでした。ドクターは私の椅子に自分の椅子をピッタリとくっ付けて、私の背中を撫で始めました。

私は病院に行って、ドクターの前に座った時だけじゃなく、その頃いつも、四六時中、身体が緊張しておりました。肩はガチガチに張っているし、背中の筋肉もガチガチに固まっておりました。で、先生は私の肩に手をやってほぐし、背中を撫で始めました。彼の右手は、私の右手をしっかりと握っています。そして私を抱くようにして、左手で私の背中を撫でているんです。私は今まで、お医者様にこんなに優しく扱われたことがなかったのでびっくりしましたよ。先生は、娘に検査結果の説明をしている間に、そう、十分間も私の背中をさすり続けました。「神の手」ですよ。

私はその間、いろいろなことを考えていました。彼の手術を受けたのは五年前ですから、そして、その後、大腸がんの手術や胆のう摘出の手術も受けたのですから、彼は「よく頑張って生きていたな」という意味でさすっているのかな。あるいは「がんらしき物がまた見付かった。可哀想に」と思っているのかな、と想像たくましく、いろいろ考えていました。彼の方は、ただ単に、私の緊張をほぐすためだったかもしれませんけど……。

左肺にちっちゃな影があって気になるらしかったけど、まあよかろうということで、術後一年の検査は無事終わりました。

二〇二〇年は、二月から七月までの五ヶ月間に四回も入院し、そのうち二回は大きな手術をしたでしょう。大腸がんの手術と胆のう摘出手術です。これには堪えましたね。入院や手術の度に娘たちに迷惑をかけるでしょう。いや、入院や手術だけじゃなく、血液検査だとか、CT検査だとか、検査の度に、娘か、娘が行けない時は娘婿が、通訳として付き添って行ってくれてたんです。もう、これ以上彼らに迷惑はかけられないと思いましてね、私は福岡に帰ることにしたんです。私がいくら「ニューヨーク好きで永住したい」と思っても、家族の犠牲の上に我儘を通すわけにはいきませんからね。娘たちは「ニューヨークに住みたければ住んだらいい。私たちでできるだけのことはするから」と言ってくれましたけど、私は福岡に戻ることにいたしました。

ニューヨークから福岡への旅は〝死の行軍〟

日本の水際作戦

二〇二一年三月中旬に行われた、大腸がん手術一年後の検査が全てネガティブでしたので、その直後の三月下旬、私はインターネットで福岡の老人ホームを検索し始めました。で、この年の六月に竣工する住居型老人ホームを見付け、気に入りましたので、ニューヨークからネットで申し込みをいたしました。私の考えでは、七月に帰国をして老人ホームと契約をし、八月か九月に入居できたらいいなと思っておりました。

私はその時、腰を痛めておりましたので、一人で飛行機に乗って福岡に帰ることはできそうにありませんでした。娘の手助けが必要なのです。「福岡に、いい老人ホームを見付けたので福岡に帰りたい」と、娘に急に言い出したものですから、彼女は最初、「今忙しいから」と相手にもしてくれませんでしたが、私があまりにもしつこく言うものですから、仕方なく福岡まで付き添ってくれることになりました。

日本はその頃、コロナ禍の真っ最中で、空港では厳しい水際作戦が行われていました。娘は米国籍でしたから、日本へ行くにはビザが必要でした。いろいろと面倒な手続きがあったようですが、娘のビザはニューヨーク市の日本国総領事館で出してもらうことができました。

二度のワクチン接種証明書と、搭乗七十二時間前のコロナ菌ネガティブ証明書も準備いたしました。その時、福岡まで帰る飛行機は、日系の航空会社しかありませんでしたので、そのチケットを購入し、そして、その航空会社がやっている「車椅子サービス」を受けることにいたしました。私は腰を痛めておりましたので、自分で立って歩ける状態ではありませんでしたからね。

羽田空港に着くと、またコロナの検査です。この検査が終わるまで三時間もかかったんですよ。私は車椅子に乗っておりましたから無事でしたけど、もし、車椅子がなくて自分で立って並んでいたら、倒れていたかもしれません。それほど長くて辛い行列でした。

最後に入管を通らねばなりません。入管の方たちは、上司から命令を受けてその通りにしておられるのでしょうけど、「外国人は一人も通さない」というような感じに見えましたね。

ビザがあるのにも関わらず、娘にはこんな質問をしたのですよ。「あなたたち、名字が同じでも、赤の他人が偶然同じ名字ということもあるでしょう。親子関係を証明できますか?」って。

娘のビザは「病気の母親を福岡に連れて帰り、老人ホームに入居させる」という理由で下りているのです。当然そこでは親子関係の証明が済んでいるからこそ、ビザが下りている筈ですよね。ニューヨークの日本総領事館は外務省管轄でしょう。外務省では認めて、羽田の入管では認めない。入管は法務省管轄でしょう。外国人に対する取り扱い方が役所によって違うというのは困りますね。総領事館では「入管に、戸籍謄本を持って行くように」という指示は一切なかったと、娘は言っていました。

じゃあ、もし、娘のビザがここで認められなかったら、私たちはどうなるのでしょうか? 私は車椅子でなきゃ動けないのです。その車椅子は航空会社の人が押してくれているのですが、この羽田の入管で終わりなんです。これから先、私はどうやって強制的に隔離される施設まで行けばいいのですか? 大きなスーツケース二個と機内持ち込みのスーツケース一個、タブレットが二個入ったリュックも持っている。これはトシヨリには結構重い。それらをどうやって、私一人で「隔離施設」に運べばいいのですか?

強制的に、東京で二週間隔離され、その後、福岡に帰ることになっているのですが、付き添いの娘が居なくなったら、私は途中で死んでしまいますよ。

二週間の強制隔離

二〇二一年三月、名古屋入管施設に収容されていたスリランカの女性が病気になったのにもかかわらず、医者に診てもらえず、とうとう亡くなってしまったという報道を帰国後、知りました。先日の入管職員さんたちの態度を見ておりましたので、「さもありなん」と思いましたね。

偶然にも、娘は携帯電話に戸籍謄本の画像を入れておりましたので、それを見せたら入管は通してくれましたが、「外国人は一人も通さない。病気になろうが、死のうが知ったことじゃない。規則どおりヤル」という感じでしたね。

「赤の他人問題」で、娘は質問攻めにあい、入管を通過するのに四十分もかかってしまったんですよ。

娘はこれで、精神的にすっかり参ってしまいました。ニューヨークから東京までのフライトは長いし、機内では眠れなかった。ニューヨークと日本の時差は十三時間もある。その上、この意地悪質問でしょう。もし、自分が羽田入管でシャットアウトされたら、自分はニューヨークへ強制送還されるのか？　もう自分の身体は弱りきってしまって、強制送還という強硬手段に耐えられるだろうか？　母と、ここで別れることになったら、病気の彼女は一体どうなるのだろうか？

そもそも、水際作戦というのはコロナ菌に対する作戦なのでしょう。コロナ菌は日本人を避けて、外国人だけかかるのですかねえ。そんなことはないでしょう。

それから先も「死の行軍」でしたね。そう、いわゆる「隔離施設」とやらで二週間、過ごさねばならなかったからです。羽田空港近くのウィークリー・マンションを予約しておりましたが、狭かったですね。狭いだろうとは前から分かっておりましたので、ふたり部屋を二つ予約していたのですが、それでも狭かった。玄関から狭い廊下が一本あって、奥の寝室まで繋がっていました。廊下の中ほどにトイレと風呂があり、トイレの前にキッチンの流しがありましたが、流しは手洗いほどの大きさでした。その隣に電磁調理器が一個。炊事なんてできる大きさじゃない。お皿一枚、置く場所もなかった。

何度も書いていますが、私は腰を痛めているのでベッドに寝たっきりなんです。ある一定の方角に身体を向けたら、それから一センチたりとも動かせない。

娘は、こんな病身の母親に一日三食、食べさせなくっちゃならない。それも二週間という長丁場です。近所のコンビニで何か買ってきておりましたが、コンビニの食事ばかりじゃ飽きるでしょう。味付けも自分で作った物よりも濃いし……。娘はほとほと困ったようでした。入管の「質問ショック」が大きくて、彼女の食欲も落ちてきて、みるみる痩せてきました。心身ともに参ってしまって、近くの病院にも通ったんですよ。

普通に考えて、海外旅行に行く際、戸籍謄本を持って行く人がいますかねえ。いないでしょう。だから彼女も「もし、戸籍謄本を携帯に入れていなかったら」と考えると、恐怖の方が先立つようでした。

地獄の「強制隔離施設生活」十五日間でしたが、私たち二人、よく頑張って生きていたとしか言い様がないほど、辛かったのですよ。

政府が強制的に隔離した訳ですから、政府がその費用は持ってしかるべきだと思いますけど、政府は一銭も払ってはくれない。全部個人が払わなければならないのですよ。政府が強制するのですから、どこかホテルでも用意してくれてもいいと思うんですけどねえ。

「がん」再発、手術

二〇二一年八月十一日、ニューヨークを発って、十五日後の八月二十六日に、命からがら福岡に辿り着くことができました。

「このコロナ禍の中、どうしてそんな無理までして帰る必要があったのか？　コロナが落ち着いてからでもよかったのではないか？」というご質問ですか？　私はその時八十七歳でしたからね。この機会を逃したら、もう二度と日本の地を踏むことはできないと思ったんですよ。

ニューヨークの老人ホームに入居することも考えないではありませんでした。でも、そこには「言葉」と「食べ物」という、高い大きな壁があります。ニューヨークにいたら、結局、娘夫婦に頼ってしまい、「おんぶに抱っこ」になりますでしょう。私は歳を取っても、なるべく自立して生活したいのです。日本の老人ホームに入れば、何とか自立できるかもしれないという思いもありました。

八月下旬に福岡に戻り、九月上旬に老人ホームと契約し、家具や電気製品などを揃えて、九月中旬に、ホームに無事入居することができました。今、このホームに来て一年半、経ったところです。


「がん」の検査の方は、福岡で、以前から診てもらっていた消化器外科の先生の診断を受けています。そういたしましたらね、今年（二〇二三年）一月二十日の診察で「左の肺に一・六センチのがんがある。すぐ手術するように」と先生から言われ、びっくりいたしましたね。「神の手」で背中を撫でてもらったけど、神のご加護はなかったようです。

先生はすぐさま大学病院に電話をして、私の手術の予約をとられました。手術は、その一ヶ月後の二月十三日に行われました。五度目のがん手術です。大腸の手術が二回と肺の手術が三回、計五回です。

入院する時は、一人でタクシーに乗って行きました。手術には立会人が要りますでしょう。老人ホームのスタッフが来てくださったのですよ。病院という所は、手術の何時間も前に呼び出すものですから、ホームのスタッフの時間を六時間も取ってしまい、大変申し訳ない気持ちで一杯でした。私は手術の前と後に、立会人のお顔をちらと拝見したのですが、もう、神様のように見えましたですね。本当にありがたかったです。感謝、感謝、感謝です。

手術はロボット手術で、左肺を八分の一ほど切除いたしました。二〇一六年に右肺はすでに三分の一切除しているので、両肺の切除で息苦しい時があります。本当は、再発、再々発の恐れもあるので、大学病院のドクターは、なるべく大きく切除（四分の一切除）したかったらしいのですが、右肺をすでに切除しているので、呼吸する際、酸素が足りなくなって、肩で息をするようになる。それも辛いだろうから八分の一にしたという説明をされました。

退院する時は、ホームの別のスタッフが迎えに来てくれました。私の手術のために、娘がニューヨークから駆けつけてくれなくても、老人ホームに助けてもらって、全て無事終えることができました。老人ホームの助けがあってのことですから、純粋に、自立してやったとは言えないかもしれませんですけど、まあ、できたんです。

左肺のがんは、このエッセイを書き始めてから見付かったんですよ。かなり落ち込みましたが、病院で書き続けました。「がん闘病記」を書くのに、病院は臨場感があって、いい場所だと思ったのですが、あまり効果はなかったようですね。

これから先、何年生きられるのか分かりませんが、私はまだ死にたくないのです。やってしまいたいことがいくつかあるんです。

その一つは、九十歳になったら、油絵で個展をしたいのです。卒寿展です。

二つ目は、ピアノの練習をしたいのです。子供の頃、ピアノは習っていましたが、戦争で挫折しました。五十六歳でピアノを再び習い始めて三十年間、「バッハ」と「ベートーベン」と格闘してきました。バッハの平均律（一巻）がまだ終わっていないのです。難しそうな曲が数曲残っています。ベートーベンの方はピアノソナタ十七番を練習していたのですが、第一楽章が終わった所で中断し、第二楽章、第三楽章を放ったらかしにしています。死ぬまでに、これらを仕上げてしまいたいのです。

問題は八十代になって始めた声楽です。声楽は、ニューヨークで習っていた先生が、福岡ででも教えてくださっています。オンラインレッスンです。私はソプラノですから、九十歳になっても、高音が出るかどうか挑戦してみたいと思って練習してきました。でも、今回、肺切除の手術をしましたでしょう。息が続きますかどうですかねえ、それが問題なんです。まあ、少しずつ練習を始めてみましょう。

「どうせ近いうちに死ぬのに、そんなことやって何になるのか？」というご質問ですか？

「放っといてください！　私の勝手でございましょう!!」

というような訳でして、「おばさんシングルズ」は、まだまだ生き続け、いろいろなことに挑戦してみたいのでございます。

あとがき

二〇二〇年二月十八日朝、突然、ニューヨークの自宅アパートで倒れ、救急車でアムステルダム病院に担ぎ込まれました。ここでありとあらゆる検査が行われ、最後の検査、大腸内視鏡検査で、六センチの大腸がんが見つかりました。

この病院に一週間おりましたが、コロナ情報は、イタリー北部ミラノ付近で患者が多発しているというだけで、まだニューヨークではコロナは話題にもなっておりませんでした。ところが、一旦帰宅し、手術のためレキシントン病院に入院するまでの九日間に、ニューヨークでも急激にコロナ患者が増え、大変なことになってきました。あれよあれよという間に、ニューヨーク市のコロナ患者数と死者数は世界一になり、セントラルパーク内の東九十五丁目付近には、急遽、数多くのコロナ患者用の仮設病棟が建てられ、ニューヨーク港には大型の病院船が横付けされました。一日に五～六千人の患者が病院に電話をし、六時間待ってやっと病院に入ることができたという報道もありました。

私は、レキシントン病院の手術執刀医から「朝早く救急窓口から入るように」という指示があったので、その通りにして入院することができました。しかし、入院はできても手術の日時はなかなか決まりませんでした。

三月九日の夜七時半になって、やっと呼び出しがありましたが、それから書類にサインをしたり、麻酔をかけたりするのですから、手術が終わるのは夜遅くなります。ドクターは六センチ（実際は九・二センチあった）のがんは大きいので放っておくと危ない、早く取り除きたいと思われたのでしょう。彼は、この日朝から手術をしていて、四番目の手術が私でした。それで夜になったのですが、「この患者を助けよう」という一念で、夜でも手術が敢行されたのだと思います。

三月十七日にここを退院しましたが、退院後、ドクターはこう言っておられました。「あなたが退院してからベッドの半分はコロナ患者で埋まってしまい、一般手術は全くできなかった」

手術は開腹で行われたので、術後三日で自宅に戻るわけにはいきません。三月十七日にハドソン・リハビリ病院（兼老人ホーム）に移りました。ここで十日間入院し、三月二十六日に退院しましたが、ここでは二十五名のコロナ患者が亡くなったそうです。私が知っている他の老人ホームでは九十八名亡くなったということでした。

二〇二〇年、私はニューヨークで四回入院し、そのうちの二回は大きな手術をしました。大腸がんと胆のう摘出手術です。外国で手術するのは、言葉の問題もあって相当辛いものがあります。家族にも迷惑をかけますしね。これ以上、家族に迷惑をかけたくなかったので、急遽、福岡に帰ることにしたんです。

二〇二一年八月十二日に日本に到着しましたが、到着後、羽田の入管でコロナ水際対策に引っかかり、ここでもまた、大変辛い思いをしたんですよ。その上、東京では、いわゆる〝強制的隔離施設〟に二週間も滞在しなければなりませんでした。辛かったですね。本当に辛かった！　福岡に辿りついたのは八月二十六日でした。

私は今、八十九歳ですが、これから先、肉体的に、精神的にも困難なことが多く待ち受けていることと思います。そんな折、二〇二〇年、二〇二一年に経験した、右記三つの辛かったことを思い起こせば、今後どんな辛いことが起こっても耐えられるような気がします。乗り越えられるような気がします。これらの辛かったことを思い出し、自分を奮い立たせるために、このエッセイ集を書くことにいたしました。

レキシントン病院消化器外科のドクターは、あのコロナ禍の中、私を助けるために夜中でも必死で手術されたのです。ドクターに助けてもらったこの命を、あだやおろそかにすることなんて、できはしません。私は、これからも頑張って、一日一日を、大切に生きていきたいと思っております。

最後になりましたが、このエッセイ集出版に際し、文芸社出版企画部の高野剛実氏、ならびに編集部の前田洋秋氏、デザイナー・横塚英雄氏には大変お世話になりました。心より感謝申し上げる次第です。

二〇二三年四月十一日

宮地　六美

＊本作品の病院名は全て仮名です。

著者プロフィール

宮地　六美（みやち　むつみ）

1934年、山口県生まれ。1956年、九州大学理学部地質学科卒業。1961年、九州大学大学院理学研究科地質学専攻博士課程修了。1969年、九州大学理学博士。1961年、九州大学教養部技官に採用、助手、助教授を経て、1983年教授。1994年、九州大学大学院比較社会文化研究科教授。1996年、辞職。九州大学名誉教授。

研究分野は火山地質学、年代地質学。

著書：『アメリカでお墓について考えた』（1988年、石風社）、『アメリカで英語について考えた』（1990年、石風社・共著）、『おばさんシングルズが行く』（1994年、石風社）、『おばさんシングルズの超生活術』（1997年、石風社）、『異国に暮らして』（1999年、リブリオ出版、共著）、『冬はニューヨーク、夏は玄界灘で』（2004年、葦書房）

新聞・テレビ等：西日本新聞社、エッセイ「にっこり笑って」（1991年−1993年）／RKB毎日放送「ももち丸」コメンテーター（1998年４月−８月）／毎日新聞社（西部版）エッセイ「おばさんシングルズは明日も元気」（1998年10月−2002年４月）

わたくし、負けませんので！

おばさんシングルズ、ニューヨーク「がん」闘病記

2024年４月15日　初版第１刷発行

著　者　宮地 六美

発行者　瓜谷 綱延

発行所　株式会社文芸社

〒160-0022　東京都新宿区新宿１−10−１

電話　03-5369-3060（代表）

03-5369-2299（販売）

印刷所　株式会社フクイン

ISBN978-4-286-25215-5